関野裕之歌集

石榴を食らえ

青磁社

*目　次

I

II

関野裕之歌集

石榴を食らえ

I

雲の峰

雲の峰かなたに並ぶ八月の空に親なき雀を放つ

弑逆の歌つぶやけば夏の日の遠雷に似て勁き定型

七輪の素焼きの肌のひび割れの…路地裏の昭和遠くなりにき

その頬に手触れるまでの歳月を弥勒菩薩は微笑みており

石榴

妻を捨て子供殺さず豆を炒る吾にやさしき日没がくる

吾子の乗る小さき馬は俯きて巡礼のごとく馬場を巡れり

生れしとき幸を願いしこの子らに別れし母をいかに伝えむ

物置の引き戸の隅に冬を越す守宮つつけばギイイと鳴くも

いくつものひそ目流し目かいくぐり男もすなる二歳児検診

たらちねの母にはなれぬ寡父である買い物メモの葱が足りない

頭の中にお湯の煮え立つ音がする父親すこしさぼってみるか

橋下の小さき影の飛び交うは蝙蝠なりと過ぎて気付きぬ

幾つかの夢は石榴になりはてて飲み下せない種を吐き出す

万引きの詫びに行く吾子うなだれて無口に歩む　その手をとりぬ

終わりがあるということの涼やかさ桜紅葉の並木を歩む

母という海に溺れしおみないて子に会いたくば石榴を食らえ

二人子の橋より飛ばす飛行機は川のかたちの光のなかへ

「お父さん人生気楽に生きてるね」娘よ父はそう見えるのか

夜の雲切り立つ辺り蒼白く光る星あり　デネブと思う

ひまわりが家族のように咲いている白く乾いた道のほとりに

ぼっけぼっけ

怯むこと汝にあらずやオジロワシ阿寒の森の高空をゆく

ぼっけぼっけ黒き泥湯の湧き出ずる音は寂しも阿寒のボッケ

網走に雲垂れ込めて白鳥のつがいは低く低く飛びゆく

道塞ぐエゾシカ吾を一瞥しガードレールをひらり越えたり

白き手のあまた地に出で祈るがに霧の下辺に水芭蕉咲く

吾が投げし石は水面を跳ねゆきてその小さなる波紋残せり

勇者ヘクトール斃れしあとの静けさに囀るごとし緑野の雲雀

片栗

片栗の群れ咲く野辺に腹ばいて母のない子と遊んでおりぬ

さみどりの谷に雪消の水奔り釣り人ひとりのぼりゆきたり

代掻きを終えし大型耕運機急角度にて田より出でゆく

まんさくの群れ咲く尾根を登りきて振り向き見れば魚沼平野

雪山のぶなのめぐりにぽっかりと春が大きな口あけている

頂に登りし子等の肩越しに越後三山しろく光るも

昨夜ひとつ幽かな光浮かびいし谷入りゆけば若葉生れる森

七年前

春雷の遠く響くを聞いており息子の悪癖憂いたる日に

七年前去りゆく母を暗がりに見送りし吾子この春六年

ほの暗き夜に浮かべる病棟へ吾子を背負いて坂下りゆく

青白き夜間診療入口を背中の吾子は怖いと言えり

四十度熱にうかされ夢見しか「早く、おじさん」と吾子つぶやきぬ

それぞれの今日を過ごしたこの子らにそれぞれの夜　小児病棟

信州の土産に買いしざざ虫は無視されたまま食卓にあり

それぞれの人生と言えばそれまでのことだが友の失業を聞く

地に散りし青き小さき星のごとくこの野の原に露草は咲く

別れし妻の家財ようやく送り出し今年はなかなか梅雨が明けない

こんなにも無駄に囲まれ暮らしてた離婚で家は広くなりたり

愛などとことさら語る悲しさよ家族のために愛を語りき

遁れ来たるガゼルのように空を見る俯く影を見たくあらねば

謀叛

鐘の音の流れてゆくを見ておれば八坂の塔は溶けてゆきたり

五条から四条に続く細き道暮れて月下に人影を見ず

踏み切りの向こうは吾の知らぬ世か夕陽のなかに子らが遊べり

夕陽差す雑木林の細道にピエタと見えしは小さき切り株

ざわざわと謀叛の心きざすごと皿に盛られし丹波黒豆

他界より吾を覗いているように池にぽかりと亀の首あり

生きて負う悲しみなれば諾わず酒呑童子を鬼と呼ぶこと

さらさらと木の葉降りくる敷道に笑う声あり　確かに笑う

背教者

任俠の歌ほつほつと口ずさみしに畦より響く牛蛙の声

廃屋にまとわりつきし葛の葉の平和主義者のような繁殖

公園のアケビの棚はほの暗くあまたの口が吾を笑えり

たったひとりの神の名呼びし若者のたったひとつの命知らざりき

少年の夏に見上げし夕空のアメリカ映画のように遠くて

その男死してよりのち鉛のごと神ひろがりぬ　背教者ユリアヌス

晩秋

どんよりと雲垂れ込める日曜日別れし母に子は会いに行く

胸痛に倒れし床に人影の人より先に近づいてくる

十月四日火曜心臓検査の日金木犀は匂い初めたり

「禁煙したら死んでしまいます」つぶやけば女医形良き口で笑えり

ニトロとは爆発するものと思いしを胸にしまいて夕映えをゆく

枝豆は左でビール右に置き吾が夕暮れの結界となす

別れし妻の置いてゆきたる医学書にひっそりと読む「狭心症」

籠りいる窓より見ゆる遠空にダビデのごとき雲の立てるも

あかねさす赤紙のごといつの日か来るのであろう心筋梗塞

かくも死が身近であれば黙々と朝の卵をフライパンに割る

狭心という病名にいささかの自嘲はありぬ　すでに晩秋

血脈

祖母の家の五右衛門風呂は使われず暗がりに「あ」と口あけている

北条の裔を誇りし祖母なりき村のはずれの土に還りぬ

鎌倉の武家の家紋を刻みたる墓に白菊萎れてありぬ

血脈を吾と分かつか寒椿土葬の墓に赤く咲きたり

暮れゆけばだいだらぼっちの骨のごと送電鉄塔遠く列なる

人の死をひとつふたつと数えきて童の歌のななつで終わる

少年の夏を過ごせしこの村の吾が血族は滅びてゆかむ

いつもいつも

いつもいつも別の人生に憧れてとりあえず今朝はゴミを捨てねば

故郷は遠き北国にあらねども望郷のごと辛夷見上げる

早朝の人影あらぬ桜並木歩めば黄泉の道のごとしも

草叢に古き手袋ひとつあり使いし人の手の形して

ゴルゴダのマリアのごとく佇みて草生の丘に枝垂桜咲く

人の狂気にもいつしか馴れて驚かぬ地上に増えしクロノスの族

粒々が種であること忘れられ苺の箱の人民共和国

兎に角

その長き沈黙ののち男等は抑留の絵を離れゆきたり

虐殺も空襲と言えばおぼろにて三月十日暮れてゆきたり

空襲を指揮せしルメイ勲一等旭日大綬章与えられにき

そのなかにあれば引き金ひく吾か敵の兵士にアンネ・フランクに

アカシアの花ほのぼのと咲く夕べ母のない子は口笛を吹く

子の植えし朝顔の鉢咲き終えて捨てむとすれば青が咲きたり

兎に角をうさぎにつのと読んでいた『ガリヴァー旅行記』父の書棚に

図鑑手に小さき花を調べいし子は振り向きてセンダングサと言えり

葉　隠

子の担任が美人であるというだけでなぜ父親がうろたえるのか

青白き月浮き出れば思い出づ人斬り以蔵に涙したこと

かかわりのない風景は美しく夕空を背にビル群は立つ

捨てられたジグソーパズルのような街遠い夕陽に浄土は見えず

工場の跡地はすでに草深くおしろい花のひそと咲きたり

棚越しにジュラ紀の空を見るようにダチョウは遠くを凝視している

動物のような雲だと子は言えり　遠き日に見た蒼白き馬

うだる陽に葉はことごとく萎れいて戦後の平和主義のようなひまわり

合掌の屋根を見上げる子の背なにクルス文字の蜻蛉《せいれい》ひとつ

試験前子はサッカーに夢中なりふてぶてしいまでに今宵満月

雷の果てたるのちの中空のみるみる裂けてペルシアの青

菜園の自慢話をしてゆきし父の西瓜の座りが悪い

平成の音の間延びが気に入らぬ成らざりしまま昭和を生きて

男色のはつかに匂う葉隠を閉じて夕べの厨に下りる

子の採りしおしろい花の種七つ吾の机に並べてありぬ

首括りの木

開拓の跡地に続く林道の中程にあり首括りの木

開拓の跡地に咲ける山百合の花重たげにやや傾きぬ

蚋多く外に出られず佝僂病になりし子の家崩れてありぬ

満蒙より帰り荒地に入植し荒地に消えし戦後なりけり

案内の老人ぼそりと吾に告ぐ「役人はいい土地だと言った」

荒地には棄民の歴史刻まれて人佇つごとき山百合の群れ

彼岸花

水面におぼろに映る吾が顔のふいにゆがみて鯉出でにけり

いずれ子が拾うであろう吾の骨暗きフィルムに白く浮かびぬ

近づけど覗きこめども吾を見ぬ埴輪の兵の昏きまなこは

蓮根をざくりと切ればいくつもの侮るごとき口が開きぬ

その母に疎まれし子は夕暮れの町へと続く橋を怖れき

なにかこう忘れたことがあるような　夕空たかく椋鳥は舞う

畜生と低くつぶやく声のしておのれと気付く歩みなりけり

夜に月つきに海原うかびいて吾十八歳で人を憎みき

べくべからべくべかりべしべけれべの字がだぶり老眼と知る

血の色は血の色にあらず朱の色と事故に遭いし人穏やかに言う

亡き人の死者へと変わるときのまを枯れてなお立つ畔の彼岸花

少女

「これ食うか？」夕焼け空に無患子の枝はあまたの実を差し出だす

再婚を勧める人の口元に黒子が冬の光と遊ぶ

夕映えに声挙ぐ子等を羨しみぬ吾にさびしき茜なれども

棕櫚の木のもじゃもじゃ指で引きながら子は先生が嫌いだと言う

あれは同じ鳩であろうか朝なさな逆光の中に吾を見下ろす

暗き戸のふいに開きてよみがえる記憶のごとく少女出できぬ

ニッポニア・ニッポン

さざんかの垣根の角を曲がれども人影あらずさらにさざんか

罪のない嘘をつく子を座らせて人の道など説いているなり

子の買いし鳥類図鑑に朱鷺の名は滅びてもなおニッポニア・ニッポン

何にこがれ空の真下に揺らぎいぬひとつ葉もなき雑木林は

瑕ひとつ気になるままに啜りおり歌会の前の讃岐うどんを

見たこともないこと口に子を叱るたとえばイタチごっこするイタチ

言うほどに大人が大人でないことを子にあっさりと教えてしまいぬ

片付かぬ書類の山の山裾に冬至の夜の鍋焼きうどん

ことことと葱を切る音響かせて寡父も九年板につきたり

II

鬼畜

鬼畜という言葉死語にあらざれば子殺しの被る深き夏帽

道端の鉢に朝顔咲いており空から降りてきたような青

炎天のホームの人と人の間に影絵のごとく鳩は動かず

夕暮れの道のほとりの道祖神ふたり並びて母を待つがに

倒れ伏す子供ふたりに見えてくる「母」という字の小さきふたつ

母性をまだ信じている歌詠みの説諭のごとき批評を聞きぬ

高層の街を夏雲去りゆきぬ昨日の命今日の群青

ひとすじの声

昨夜ひとり夢に殺して初夏の青岸渡寺の御仏に逢う

落ちる水は梯のごとし夕凪の那智の滝よりひとすじの声

幻が見えなくなったという人と路地のダチュラのほとりに座る

知っている顔がいくつもあるようで向日葵畑の道を急ぎぬ

群衆のごとく日車たつ道を子の手をひいて歩みゆきたり

寂しさの果てる地平をいまだ見ず見渡す畑にあまた日車

夕焼けの森にひときわ高く立つ盲いし王のごとき大樹は

ひとふさの葡萄のしずくしたたれば遠景として流沙の駱駝

八月

抜けるような青空という常套を抜け出てゆきし鳩の一群

淡淡と日々を切り取り老いてゆくそれが歌なら私は嫌いだ

人の首ほどの西瓜をぶらさげて日傘の女坂《おみな》のぼりくる

ヒマラヤの空の青さに芥子の咲く仏陀に続く遥かなる道

海も空も青静もりてこの国の遠景として八月の死者

群青の海のほとりをまたひとつ陽炎のごとき人影が来る

悲母となるあまたの母の眼差しにエノラ・ゲイという母の名の飛行機

たれのひと世も

子の折りし鶴の背中の夕明かりたれのひと世も寂しきものを

しじまにはしじまの音の満ちていて星降る夜に犬を放てり

駅前の楡の木陰に人を待つ雪の山襞くきやかに見え

桑の葉を食む音響く夜の更けに祖母の語りしだいだらぼっち

日にひとつこっそり盗りて齧りたり祖母の作りし梅酒の梅を

ばらばらの家族のように無花果がこぼれて夜のテーブルにあり

躍動は犬の形を脱ぎ捨てて茅花咲く野を駆けてゆきたり

立葵

土色の山河の続くバルカンを機窓に見しはチトーのいた夏

通勤の女《おみな》が開くグラビアにガダルカナルの遠い夕焼け

ゆっくりと井戸に釣瓶を落とすごと訳を聞きおり不登校の子に

やり直し出来る気がする明るさに大銀杏なき空間はあり

真夜中の底より響く靴音の坂をのぼりて人となりたり

歳月の果てより吾に笑むごとし路地にあかるく立葵咲く

山門の仁王の足にうねうねと浮き上がりおり太き血管

西瓜

うずくまり前世の夢を見るごとし夜の畑のあまたの西瓜

残生になお幾ばくの起伏あれ松村正直の眉毛くらいの

今日ひと日吾のまなこに残りけりよぎりし蝶のはつかなむらさき

夏の陽が直に頭に落ちるとき陽炎のごとし「綺麗な戦争」

素朴なる死の形にて参道の蟬の骸は仰向けに落つ

道の辺の暗き湿りを群れて吸う夏の地霊か黒き揚羽蝶

九つの井戸がありしという谷戸に九つの井戸閉ざされている

坂道を日傘のひとつ登りきて顔見えぬますすれ違いたり

ひまわりの花の向こうにひまわりの迷路出られぬ子供達の声

ひめゆり平和祈念資料館

壁に並ぶ少女の写真見つめつつ老女は主語を「私達」で語る

あさましき平和の顔がのっそりとひめゆり部隊の壕を覗きぬ

死の記憶あまた見てきた夕暮れにディゴの花はくれないなりき

海原は平らにあらず波照間の海は大きな畝つづく海

夕焼けのかなた見つめる生首をぶらさげるごとアダンの実はなる

地の底のせせらぎに沿いゆきゆきて暗き洞より海に出でたり

沖縄にまた行きたいと子は言えりどこまでも死に遠い笑顔で

波照間の岸に拾いし宝貝戸棚に二年忘れていたり

貝殻を耳にあてれば海の音聞こえるという嘘も美し

やけくその始祖鳥

童貞の春にこがれし人のこと真昼間の月のごとく思い出づ

未踏の空を初めて飛んだ始祖鳥はやけくそだったのかもしれない

乗鞍のぬばたまの夜まふたつにわけて流れる天の川はも

つたうるし赤く纏いし橅の木のほとりをゆくは寂しかりけり

道の辺の鼻の欠けたる石仏の縁におさなき蔦のさみどり

逆光の木立ちに浮かぶ鳥影の光のなかへ羽ひろげたり

歌はもう詠めぬと思う帰り道やけに明るい夕焼けである

足もとに青柿ひとつ転がして虚空蔵菩薩は道の辺に立つ

黒く立つ街をふたつに切り分けて夜明けの底に光る河あり

群青の葡萄の棚をくぐりきて女犯おもえばしたたる光

コスモス

手折りきて壺に活けたるコスモスの死後の夢見るようなあかるさ

柿の木に柿の実あまた夕映えて寡父なる吾にどら息子あり

隙間からなにかが消えた跡のよう昭和史に読む「皇」という文字

立ち上がる姿に燃える椅子ひとつ冬の河原の夕闇に見き

諍いてテレビの前に寝ておれば下りてきた子は明日の天気を聞く

届かざりし手紙のような雲ひとつ夕焼け空を流れゆきたり

土の字が十字に見えるはるけさに愛蘭土はうるわしき名よ

夕暮れの街の甍を切り分けて海面のごとく光る坂あり

観念でもの言うことのなめらかさジェンダー語るあなたがうるさい

無患子

ひとの世の挫折ひとつを知りし子と登りゆくなり満月の坂

飛ぶ鳥の冬野に遠く落ちてゆく簡潔な死を少年は見き

みずうみの岸にただよう朝霧につぎつぎと浮く白鳥の首

他界より首をもたげし白鳥か霧の水面を渡りゆきたり

酔い醒めに子の作りくれしラーメンの菠薐草は緑なりけり

太陽をお日様と呼ぶ子供等と冬田の畔にすれ違いたり

ひややかに物言いしのちかたわらのはつかに匂う梅に気付きぬ

手のひらに不愉快ひとつ転がして上目遣いの男と話す

憎しみが生きる力になることを知らぬ少女の声柔らかし

青空に枝の無患子揺れていて冬から春へ風通るなり

今日よりは人を恃まぬ選択に春疾風吹く地を歩むなり

水蛭子

こいねがうこともなくなり冬空のかなたに消える鳥を見ており

ゆるやかに冬の光を運びゆく流れに沿いてしばし歩みぬ

葦原の半ば沈みし木の舟にさざなみたたぬ水のありけり

堤防のなだりの白きもこもこが子の影となり母を呼ぶなり

葦舟に水蛭子を乗せる伊耶那美の姿に白き朽木は傾ぐ

子殺しも神の代なれば悼まれず水蛭子の舟の去りし海原

いつか命よみがえるまでの沈黙に冬の桜は空に根を張る

川岸の草に埋もれて手鏡の眼がひとつ吾を見ている

携帯をじっと見ている母の背に子は繰り返し指で絵を描く

暮れてゆく川の岸辺に点々と貼り絵のごとく人影のあり

夕暮れがのっそり道をやって来て吾の体を抜けてゆきたり

堤防の道を去りゆく母と子に予定調和のごとき夕空

夕空を背にして黒く立ち上がる死者の記憶のごとき木の影

つぎつぎと産みつぎつぎと死ぬひと世原初の母は麻具波比をせり

背の君よわが愛しき背の君よ…日に千人を縊り殺さむ

命あまた与えしのちの悲しみに黄泉の伊耶那美死をつかさどる

夕暮れに川辺の道の溶けゆきて途切れ途切れに子の笑う声

阿修羅の少年

過ぎてより木の椅子なりと気付きたり桜の森に佇みし影

夜光虫漂う海に出でゆきし舟の行方を桟橋に追う

緑青が獅子を緑に染める間をヒマラヤ杉は涼やかに立つ

悲しみを吾が歌となす夕まぐれ石榴の花は開き初めたり

夢を諦めるなという広告に次の駅まで付き合っている

写し取る仏師の前にまなざしはなにを見にけむ阿修羅の少年

ああ暇だあぁ暇だと言いながら真夜の階段子は降りてくる

木は常に背筋伸ばして立っている「古里」という名の無人駅

卯の花の五月の風に吹かれいる村の廃家の「塩」の看板

おおはははすでにいまさず麦畑の風の向こうに落日は燃ゆ

のっそりと息子が部屋に鎮座する今宵は歌がひとつも出来ぬ

成れの果て

新橋の飲み屋の路地に咲き満ちてアガパンサスは梅雨告げる花

根の国をくぐりて来しか用水の橋の下より蛍の浮かぶ

進歩的左派の成れの果てなど思いつつ梅雨の晴れ間に飲むカプチーノ

昨日から店を開かぬ豆腐屋の角を曲がりて黄昏に遇う

子供らの声遠ざかる路地裏に夜はほかりと口あけており

枯葉剤撒かれし原の土の上に地霊のごとく黒蝶はおり

拉麵の拉の字の手偏撥ねていて横田滋の父なる怒り

魚沼の米食む夕べ数学の教師馬鹿だと子は怒りおり

この世にあったもの

歌詠みが嫌いになってこの夏のひぐらし聞いていますお裕子さん

水流の響く谷間をゆきゆけばゆっさゆっさと朴の木は立つ

押入れのどこかに今も咲いている子の描きくれし空色の薔薇

生餌という命もありて水槽に小赤百匹千五十円

灯籠のあまた流れる川の辺に生者は老いて死者を弔う

夕空にあまたのクルスあらわれて吾の頭上を越えてゆきたり

暮れてゆく峠の下に鈍色の棺のごとくダム湖はありぬ

持つべきは友なりという箴言を疑いし日の青き海原

ゆるやかな尾根に群れ立つ樅の木の樅の形に暮れてゆくなり

そう、あれはこの世にあったものダム湖の底をよぎる橋梁

人を憎む悲しみなきかと問う人の顔の黒子になしと答えき

川沿いの無縁の寺に続く道空の高きに鳥の声する

雁の飛ぶ空を見上げて歩みけり友の病状知らされし日に

まふたつに割れた石榴の落ちていて吾の残生友の残日

金輪際

駅前の焼鳥匂う雑踏に友の死告げるメールを読みぬ

去年の冬篝火花の咲いていし家を訪ねる喪の服を着て

丈低き鳥居の列をくぐるとき赤はかくまで静かなる色

竹林のひかりのなかを落ちる葉の地に着くまでを佇みにけり

携帯を閉じて夕空見上げれば金輪際とは清しき言葉

親であること悲しくて足早に冬の桜の並木を歩む

逡巡と熟慮の間に暮れてゆく冬のひと日に『赤光』を読む

諍いて子が口利かぬ数日を土手の土竜のように過ごしき

人の子の親であること捨てられず夜更けの部屋に返信を待つ

寡父ひとり子供育てし歳月か遠山だけが明るみており

雑踏を抜けてゆくときどこまでも背負いきれないような夕焼け

III

津波

原発のニュースに疲れ歌を詠む歌詠むことを恥じる心に

危機にあれば人は欲情するものと気付きし春の侘しくもあり

果てしなき廃墟となりし三陸の町は去年の春訪いし町なり

画面に映る港の廃墟　ああああの辺り海鮮丼を食べし食堂

食堂の窓の向こうの青空にふわふわとありウミネコの群れ

原発にいつしか慣れて暮らしけりウランは夜も踊れるものを

渡りえぬ暗き流れに立つごとく地震のあとのラジオを聞きぬ

異界から声があふれてくるようにラジオは津波を繰り返し言う

＊

節電のビル群暗く立たしめて春の夕日は遠く沈みぬ

道ひとつ隔てて夜が横たわる春は弥生の計画停電

停電の底より坂を登り来るあの鼻歌は吾の息子ぞ

流される人を映さぬ映像に子は三陸の津波見ており

取り戻すことの出来ない距離感にかげりもあらぬ海の群青

昨日までの願い虚しく思われて芽吹きの道をひとり歩めり

支援復旧そして復興されど追憶にしかいない子供達

日常が崩れたときに日常の歌はどうなる　海は翳りぬ

空低く流れる雲と雲の間につかのま青きこの世への窓

陸前高田氷上の山の辛夷の木いつか灯りのごとく咲くべし

こうなるとわかっていたというような話聞きつつ筍を剝く

論調はステレオタイプになりゆきて若葉のかなた原発はあり

＊

牛の影見えぬ牛舎に陽の差して春まだ遠き福島を過ぐ

海の上を歩いていく人いるという老婆の話バス停に聞く

北上は広き川なり葦原と津波の跡と空の青見ゆ

去年の春津波越えたる大橋を白き車の渡りゆきたり

北上のほとりにありし学校の跡地の重機音なく動く

遠くから人に見られているような気がして津波の跡を去りたり

生き死にの境もいつか美しからむ津波到達ラインの桜

陶片追放

夕映えに甍つらなる坂道を崩れ始めし家族と歩む

子供らの陶片追放《オストラシズム》か原っぱに割れた茶碗の捨てられてあり

心深く父を蔑む真昼間を椿は落ちてなお赤く咲く

一枚の硝子に映る没りつ日のかつてかくのごとく人を拒みき

裸木に鵯の影ひとつあるその簡潔に冬の日暮れる

日食を日蝕と書くこだわりが嫌われるのと子に言われたり

父を見舞う時間なのだが聞いており一膳飯屋のスカボローフェア

右傾化を憂える人に抱かれて猫には猫の瞑想あらむ

父の死を知らされて来し病室の夜の窓辺の花なき花瓶

老いてゆくものの形に夕暮れの硝子のなかを吾は歩みぬ

旗

最後まで旗を振りいし若者のその後の転変思う冬晴れ

池の面にゆらりと口は開きたり女の嘘を呑み込むように

やすやすと政治を詠う一連を斜めに読めば　あれは梟

ことさらに毛など詠みし歌詠みを蔑みてのち羨しみにけり

美しき相聞ひとつ読み飛ばす人は歌ほど優しくあらず

諍いを大人げないの一言にくくる女を疎む春昼

古井戸の閉ざされている路地裏へ吾の記憶は怖れて行かず

まぐわいの記憶じわりと浮き上がる池の水面に雨は降り初む

冴え冴えとスーパームーンは照らすなり親より豊かになれぬ地上を

幾山河遠く流れて吾の手に夜の厨の水は冷たし

自壊

就活に口の重たき子とふたり煮込みうどんの熱きを食らう

公園のブランコひとつ揺れていて自壊してゆくような夕暮れ

てのひらに月の光を転がしてひとつ短き返信を打つ

春闌けて厨に娘と書いている無断欠席の嘘の始末書

椅子にもたれテロのニュースを聞く夜更け満ち潮のごとく体制

始発待つ高架の駅に見上げしは朝の平野のつかのまの虹

去勢されし国語を使うさびしさよ肉欲は肉慾でなければならぬ

夕暮れの路地にだらりと口あけるダチュラに浮かぶあの馬鹿教師

昔より小さくなって夕空に東京タワー立っているなり

なにゆえにかく厳かに子を抱くまなこ瞑りしピエタのマリア

迷路

うたごえの遠く聞こえる炎天に大き石榴は裂けなんとする

転生を吾は信じずちちははに命ゆだねるなどは怖ろし

居所不明児童千百九十一人いる国にけさ白き夏雲

乳癌を小声に告げる口元の紅の差さぬが目に残りけり

公園の花火を囲む輪のなかに浮き上がりたり幾つかの顔

毒草を煮る静けさか若き日の愛欲ひとつ思う夜更けは

おのがうちに迷路があると思う夜ふくろう遠く低く鳴きおり

蔑みの心じわりと芽生えれば今日この人に親切にする

戦いのあらたに起こる世にありて黄蝶の空に消えゆくを見る

白壁に夕陽の滲む集落を職のなき子と通り過ぎたり

抜け道を左に入れば三毛猫の顔だけ向けて吾を値踏みす

ふいに来て道を尋ねる子の顔に烙印のごとく木洩れ日はあり

補陀落

灯火のひとつふたつと増えてきて浮き上がりたり入り江の形

海の青尽きるところの補陀落に響くというぞ天女の笑い

丸干しはつまりミイラと思いつつしゃぶりいるなり酷暑日の夜

このかなた補陀落ありと記されて岬の道は吾が前に果つ

青空に逆さのへの字浮くように鷗飛ぶ見ゆ補陀落の海

補陀落はポタラのことか砂浜に五体投地をしてみる夕べ

月下の道

背徳と言えないほどの背徳を寂しみとして冬木立ゆく

身じろがず首をあげいし石亀の思索の果てか池に入りたり

大陸のように広がる夜の雲バイカルあたりに月は覗きぬ

頭から侵食されてゆくような月下の道に歩み入るなり

窓の辺に篝火花は咲き初めぬ永久凍土の溶けてゆく夜

九条に守られたことないのだが九条守れと友言いつのる

落日のかく美しきバス停に盗人のごと人の声聞く

豚運ぶ大き車は夕焼けに走り去りたりいたく静かに

人を焼く火

津田治子の歌読みおれば窓の外に冬の夕陽はあらわれにけり

坂の上の空ひかる朝これまでにしてきたことを寂しんでいる

身を屈め冬の坂道のぼるとき片手の地蔵ぬっと現る

人を焼く火を知らざれば冬畑に遠く燃ゆる火やわらかく見ゆ

なにかしら抜き差しならぬ足音の夜を右から駆け抜けてゆく

昼過ぎの定食屋から聞こえくる低き濁声罵りやまず

丁寧に聞く人

天然のたい焼きというたい焼きを食みつつ歩む浅草は春

達筆の賀状をくれし由紀さんを思い出せない　空が青くて

千鳥足の男でてきた細道を覗けば赤く侘助の花

下町の空の半ばを領しおり路地に見上げるスカイツリーは

ホテルが安い山谷はどこですかと丁寧に聞く人に会いたり

歌にならぬ三十一文字を詠み散らす春の大川さざ波の立つ

探し求めるものなどなくて特売の声の響から雑踏に入る

地下に入る列車のなかにいくつもの眼を閉じた顔のありけり

たくさんの嘘を蔵っておけそうな韓の白磁の壺はなめらか

なにかしら不穏の心よみがえるアガパンサスの路地に咲くとき

切なければ駅の向こうの夕暮れに絹漉しひとつ買いにゆきたり

たぶの木の枝にふくろう身じろがず吾には見えぬ世界もあらむ

二階まで届く高さに咲いているダチュラの下に暗がりのあり

ありありと絵に塩鮭は吊るされて夕べ静かに悲しみはくる

ひと言が余計

硝子戸に産み付けられし蛾の卵ひととせを経て孵らざりけり

ひと言がいつも余計と子は言いぬ窓の向こうにさくら降る朝

しばらくを磔刑の絵の前にいてくれないの人は歩み去りたり

こいのぼりのこいのようにくちをあけかざむきだけは読む男なり

口先の約束ほどの明るさに続いていたり道の雛罌粟

人を恋うることなくなりて初夏の舗道を歩む吾が影法師

子を持ちしことを悔やみし夜ありき遠く聞くなり梟の声

捨てられし茶碗の底の光りいてあれくらいだったか祖母の死に水

前《さき》の世の野火の記憶かまならうらにつかのま猛き火は走りけり

桃太郎を軍国主義と言っていた大叔父の背にお灸を据える

シニシズム漂う歌と思えども善意か無知か歌会なだらか

精神の貧困のような社会詠歌会に増えて八月は来ぬ

大島

鬼っ子と吾を疎みし父なりき伊豆大島守備隊なりき

戦争が続いていれば大島に餓死したであろう父のそれから

春来れば山の中腹血の色に染める椿の森を潜りぬ

林道のくの字に曲がる日陰より黒蝶出でて風に漂う

口癖に父は言いにき堅実と　されど狂えと夏花揺れる

天頂にデネブを置いて八月の銀河は海に墜ちてゆくなり

吾は父にいかなる子でありけるやいまだ分からぬ　分からねど夏

そのながき死後の時間のひとときを吾が夢に来て父は帰りぬ

乳房

蟬時雨じわりと起こる真昼間に脈絡もなく思う乳房

終バスに幾つもの顔並びいて一番後ろの顔になりたり

何気なき吾の言葉の鋭きを窓の夕焼け見つつ子は言う

怒らない日本人なんか嫌いだと金剛力士像夕暮れに立つ

花の湯の煙突高く夕映えてポルノがロマンでありし時代よ

たぶん嫌いなタイプの女と思えども中城ふみ子の歌沁みるなり

短歌とは酷きものなり十年をついにおのれを越えて詠えず

昨日の大きな虹を言う声の背なに聞こえて夏は暮れゆく

神の滅び

歌詠みはプロパガンダに弱いから苺大福ゆっくり食べる

デモ隊の過ぎし夕べの街角に囀りやまぬ楠の木のあり

「非国民」「憲法違反」レッテルもみんなで貼れば怖くないのか

結界があるかもしれずくさはらの月の光のほとりを歩む

神の滅びいかにあるらむ霜月の夜更け聖書に読むジェノサイド

階級のなき世こがれし者達に手向けるように咲く冬の薔薇

綺麗事が通らなくなった世の中の冬の日溜りやけに明るい

あいまいに始まっていた戦争が地下鉄に乗りやってくる朝

救いなど欲しくあらねどつくづくとナザレのヨセフ偉いと思う

信仰とファシズムが似ていることを言えば驚く歌詠みばかりで

虹

春の夜の説話のごとく聞いており子育て終えし吾が見合い話

不機嫌な父の顔してこの夕べさやえんどうの筋を剥くなり

さはされど若きイエスの情欲を思いつつ読むマタイ福音

いまさらのように夕空晴れてきて駅を出る人みな空を見る

初夏の驟雨残しし水の面にスカイツリーの切れ端があり

ほのぼのと夕陽まといて陸橋を渡りくるなり背きたる子は

人に阿るすべ知らぬまま生きてきて柱のごとき虹に出会いぬ

あとがき

短歌は不幸せ者の文芸である。なにかしら心に抱えたものを吐き出さなければいられない者が短歌を詠う。若い頃は、いずれ自分がそういう短歌を詠むようになるとは思っていなかったし、興味もなかった。

十五年前、確か歴史関係の読み物だったと思うが、何気なく読んでいた本に万葉集の防人の歌が引用されていた。

韓衣裾に取りつき泣く子らを置きてそ来ぬや母なしにして　　他田舎人大島

防人の任期は三年、しかし、任期を終えても帰れない者も多かった。防人に行く父親の衣に取りつき、泣いている子供達がいる。母のない子供達の父親がなぜ防人に行かなければならなかったのか。この男は子供達のもとに帰れたのだろうか。当時、離婚してふたりの子供を育てていた私に、この歌は痛切に響いた。短歌とは千数百年の時を越えて、かくも人の心に響くものか、そう思った。そして、短歌を詠んでみたいと思った。

その後、ネットで多少調べて、塔短歌会に入会した。ちなみに、塔に入ったのは、塔に憧れた歌人がいたからとか、そういう理由ではない。そもそも塔にどういう歌人がいるのか知らなかった。塔ではメールを利用した歌会をやっていて、子供を抱え、あまり出かけられない人間にとって、出かけていかなくてもネットで歌会が出来るというのは好都合だったのである。

塔の誌面に歌を出すようになり、何度か河野裕子さんに歌を採って頂いた。そのころには、河野裕子さんが戦後の女流歌人を代表するひとりだというぐらいの知識は身について、河野裕子さんに歌を採ってもらえたということは励みになった。二〇一〇年、河野裕子さんがお亡くなりになり、京都で、偲ぶ会が開かれた。私は会場の隅に座り、会が終わったとき、人が少なくなった会場の前面に飾られていた裕子さんの大きな写真の前に歩み寄った。裕子さんはいい顔をしておられた。短歌結社の全国大会の懇親会などで、選者に近寄っていって、「〇〇です。よろしく」と挨拶するような社交に長けた真似は出来ない性分で、河野裕子さんに限らず他の選者にも特に挨拶したことはない。しかし、河野裕子さんには挨拶したかった。もはや叶わぬことである。

子供達が成長し、社会人になったとき、ふと思った。父親がどういうふうに自分達を育ててきたのか、いつか知って欲しい。そう思ったとき、歌集を作ろうと思った。歌集を作ろうと思って自分の歌を読み直してみて、はたと困った。あまり連作的な作り方をせず、そのときそのときの心のおもむくままに詠み散らかした歌なので、並べてみると、なんの脈絡もない歌の羅列にしかならないことに気付いた。仕方ないので、単純に編年体で歌集は構成した。二〇〇三年から二〇一五年の間に詠んだ歌を中心にまとめたが、程よい歌数にするためにかなりの歌を落とした。まとめてみて、歌集の後半で子供達の歌が少なくなることに気付いたが、そのままにした。後半にも子供達の歌を配置した方が歌集としてはまとまりが出るのかもしれないが、ひとりの人間のなかで短歌が必要とされ、やがてその役割を終えてゆく、そういう過程である気もして、あえてそのままにした。
最後に、歌集出版にあたり多くのアドバイスを頂いた青磁社の永田淳氏、歌集の装幀をお引き受け頂いた濱崎実幸氏に、心より感謝申し上げる。十五年前、防人の歌に出会い、描く詠いつづけてきた歌をまがりなりにも歌集の形にすることが出来て、今は一区切りついた気持ちでいる。

二〇一六年秋

関野　裕之

塔21世紀叢書第296篇

歌集 石榴を食らえ

初版発行日 二〇一六年十二月十七日
著 者 関野裕之
定 価 二五〇〇円
発行者 永田 淳
発行所 青磁社
京都市北区上賀茂豊田町四〇―一（〒六〇三―八〇四五）
電話 〇七五―七〇五―二八三八
振替 〇〇九四〇―二―一二四二二四
http://www3.osk.3web.ne.jp/~seijisya/
装 幀 濱崎実幸
印 刷 創栄図書印刷
製 本 大光製本所

ISBN978-4-86198-368-9 C0092 ¥2500E